史蒂夫冒险系列

Down into the Nether

下界探险

[美] 丹妮卡·戴维森（Danica Davidson）◎著

许昆◎译

时代出版传媒股份有限公司
安徽科学技术出版社

Down into the Nether by Danica Davidson
Copyright © 2015 Danica Davidson
Published by arrangement with Skyhorse Publishing, Inc.
中文简体字版权归上海高谈文化传播有限公司所有

[皖] 版贸登记号：12171789

图书在版编目（CIP）数据

下界探险 / （美）丹妮卡·戴维森著；许昆译 .—合肥：
安徽科学技术出版社，2018.6（2018.8 重印）
（我的世界·史蒂夫冒险系列）
ISBN 978-7-5337-7594-0

Ⅰ.①下… Ⅱ.①丹… ②许… Ⅲ.①儿童小说—科学幻想小说—
美国—现代 Ⅳ.① I712.84

中国版本图书馆 CIP 数据核字（2018）第 094464 号

WO DE SHIJIE SHIDIFU MAOXIAN XILIE XIAJIE TANXIAN
我的世界·史蒂夫冒险系列·下界探险

［美］丹妮卡·戴维森 / 著
许昆 / 译

出 版 人：丁凌云　　　　选题策划：张 雯　　　　责任编辑：陈芳芳
特约编辑：张 倩 沈 睿　　责任校对：岑红宇　　　责任印制：李伦洲
封面设计：王国亮
出版发行：时代出版传媒股份有限公司　　http://www.press-mart.com
　　　　　安徽科学技术出版社　　　　　http://www.ahstp.net
　　　　　（合肥市政务文化新区翡翠路 1118 号出版传媒广场，邮编：230071）
　　　　　电话：（0551）63533330
印　制：合肥市华丰印务有限公司　电话：（0551）66773933
（如发现印装质量问题，影响阅读，请与印刷厂商联系调换）

开　本：635×900　1/16　　印张：7.5　　　　字数：49 千字
版　次：2018 年 6 月第 1 版　　2018 年 8 月第 2 次印刷

ISBN 978-7-5337-7594-0　　　　　　　　　　定价：19.00 元

目　录

第一章
地球传送门

我们必须抓紧赶路，不然就要被怪物逮到了。我们五个小孩，正在主世界飞跑，想赶在日落前抵达安全地带。因为天一黑，怪物——就是我们熟知的那些敌对生物就会生成，然后寻找猎物。

"你认为我们能在天黑前抵达那扇传送门吗？"梅森大声问，她是我最要好的朋友。

除了那扇传送门，在主世界，我们可以随时停下来创建其他的传送门。但那一扇门是独一无二的，只有它能通向梅森的世界——地球。

"如果我们抓紧的话，或许可以。"我回答说，我真心希望我们能做到。

我们五个人当中，杨希、德斯蒂尼与梅森一样，也来自地球。还有一位是我的表妹——艾利克斯。我俩都在主世界出生、长大。她不久前才听说还有其他世界存在。

真难相信，昨晚我们五个人还在齐心协力地对付HIM。主世界的人都对HIM有所耳闻，但大家都觉得那不过是一个吓唬小孩的老掉牙的恐怖故事。我们可不这么认为。关于HIM的那些噩梦，还有唱片里的那些预言都在告诉我，HIM真的存在，他一心想消灭一切生灵，毁灭所有世界。

在HIM位于山顶的老巢里，正当我们跟他决斗的时候，他突然消失了。他是被我们打败了，还是藏了起来，准备以后再回来攻击我们呢？没人知道。正因如此，我们才胆战心惊！

不管怎么说，我找回了奥西——我的豹猫，我抱紧它，心里这样想着。HIM常常偷走别人的心爱之物，他也偷走了奥西，不过我们在山顶又把它找了回来。

"瞧，地球传送门！"我叫道。

大家看到了地球传送门所在的那间小屋。这时，西沉的太阳发出了最后一道光芒。我推开门，大家挤进小屋。地球传送门就在眼前，射出了红、绿、蓝三色光。

"哈，"杨希长舒一口气，两手撑在膝盖上，"这一路打打杀杀，跋山涉水，今晚终于能睡个好觉了。"

"今晚我们可以休息，但明天还得打起精神。"艾利克斯以她一贯的"大姐大"口气说，"如果HIM还在，我们就得做好打算，准备迎敌。"

"你们想去我们的世界吗？"德斯蒂尼担心地问道，"那里会更安全。"

这份好意我和艾利克斯心领了，但眼下我们没办法去别的世界。我们必须回家找我爸爸。他已经被HIM洗脑了，把HIM干的那些坏事全算到了我和朋友的头上。爸爸也像主世界的其他人一样，被HIM改变了——变得既爱发脾气又疑神疑鬼。如果HIM真的被我们打败了，那爸爸现在很可能已经恢复了。

艾利克斯笑了，把弓箭换到另一边肩上。"噢，别为我和史蒂夫担心，"她说，"我知道天快黑了，但什么怪物我都不怕。"

我可没艾利克斯那么自信。我低头看看手中的钻石剑。在打怪物方面，我最近才开窍，渐渐摸到了一点门路，不过现在还经常犯错。

"那你们要格外小心。"德斯蒂尼说完，匆匆拥抱了一下我和艾利克斯，与我们告别。

梅森握着我的手，表情严肃地看着我。"别担心，史蒂夫，"她说，"你爸爸肯定在家等你呢，他不会有事的。要是HIM还活着，我们也能想出办法对付他。我们是你的朋友，会陪你一同渡过这道难关。"

我看看身边的人。几个月前，我绝不会想到，我，史蒂夫——主世界里一个平凡的十一岁男孩——会找到一扇通往新世界的传送门，会结交这些新朋友。梅森聪明、勇敢，尽管她来自另一个世界，却是我最好的朋友。德斯蒂尼虽说有时候很腼腆，但总是尽力做正确的事。艾利克斯酷爱冒险，她对冒险的迷恋，就好像人们看到鲜美的蘑菇汤一样，而最近我才开始真正了解她。还有杨希，他，他……

　　"再见。"杨希冲我们挥了挥怪模怪样的手指，淡淡地说。虽然在另一个世界，所有人都有手指，但是直到现在，我看到手指，还是觉得怪怪的。它们像是绑在手上的鱿鱼须。

　　"嗯，再见。"我的回答也不怎么热情。对杨希，我仍然不放心。

　　正是他带来了HIM。

　　杨希以前就是人们所说的那种"网络流氓"。因为梅森的电脑可以当作一扇通往主世界的传送门，于是他就攻击了梅森的电脑，想让僵尸来统治地球。后来，我和梅森在杨希的表妹德斯蒂尼的帮助下阻止了他，再后来，他接受了教训，改过自新。不过，对于这一点，我还是心存怀疑。

　　杨希曾经在网上横行霸道。那段时间，他把一个HIM模组加进了游戏。结果，那个模组获得了意识，成了我们现在与之战斗的HIM。杨希一直辩解说，他不过是开玩笑，没想让HIM获得意识，成为一个醉心于毁灭的邪恶怪物。

其实，我之所以害怕杨希，还有一个原因。

还记得那些预言HIM的唱片吗？

其中一个预言说，HIM很难被打败，他还会卷土重来。

另一个预言说，我们五个人注定要与HIM战斗。唱片也提醒我们，其中一个人会背叛大家，让整个团队面临失败的危险。我心里明白，梅森、艾利克斯和德斯蒂尼都是值得信任的。

但我不知道是否也可以信任杨希。

第二章
可怕的木牌

我和艾利克斯看着其他人跳进传送门后便消失了。梅森和德斯蒂尼现在安全了，想到这一点，我心里的一块大石头终于落了地。我也很高兴能够摆脱杨希。他今年十七岁，有时候竟然想让我们什么都听他的，就因为他年龄最大。所以，说得不好听，他就是个叛徒；就算往好里说，他也依然招人烦。

终于完成了一件事，但我们还有其他要紧的事要做。"我们回家看看我爸爸怎么样了吧。"我说。

艾利克斯点头同意。门开了一条缝，我们从屋里朝外望去。主世界天色已暗，四处游荡着刚刚生成的僵尸和骷髅。借着方形月亮的光辉，我看到骷髅全部手持弓箭。

"哇！"艾利克斯看上去表情坚定，很可能正在激动地搓手，跃跃欲试，"看上去很具挑战性啊。"

我已经十一岁了，如果承认自己还怕黑，会不会有些难为情？

"我也准备好了。"于是我跟着说，因为我不想让艾利克斯认为我是个小毛孩。

我们两个冲进了夜色。奥西也跟了上来，目的地是我家。我们无意主动去攻击怪物，不过一旦它们挡住我们的路，攻击我们，我就用钻石剑回击，艾利克斯也会用弓箭回击。实际上，拦路的怪物还真不少。

"梅森的世界里没有僵尸和可恶的骷髅，是真的吗？"艾利克斯说着，拉弓射中一个骷髅。

"没错儿。"我说，心想梅森世界里的人真是超级幸福，至少每天晚上他们不用打骷髅。这时，一个僵尸嘎呜嘎呜地叫着，从一旁猛地朝我扑来。它绿色的皮肤已经腐烂，散发着臭味。奥西一声嘶叫，张着爪子跳了上去。我挥剑猛砍。僵尸被我们消灭了。

更多的僵尸嘎呜地叫着在暗处生成，但它们离得很远，于是艾利克斯、我和奥西不去攻击它们，而是一路往前跑。

"小心！"我喊道。这时，一具骷髅出现在上空，它手持弓箭瞄准我，正要发射。我的第一个念头是赶紧闪开，但没等我动身，艾利克斯的箭就射中了它。骷髅一阵抖动。艾利克斯又射出一箭，骷髅消失了，好像从来没出现过。

"谢谢你，艾利克斯。"我说。

"不客气，"她回答，"探险的时候，我经常打怪，得到了不少锻炼。小心背后，有僵尸！"

我赶紧朝左边的僵尸猛砍。刚才我已经听到远处传来僵尸的嘎呜声，只等它们进入我的攻击范围。

家就在眼前了。奥西竖起耳朵，开始嘶叫。房子周围有什么东西在动，而且数量还很多。

"不，"艾利克斯在我身边停住脚，小声说，"不会是……"

借着火把的光，我看见大群的僵尸和骷髅聚在房子周围，好像在守护着什么。火光照亮了骷髅白森森

的骨头，还有僵尸深绿色的身体。我看见门上挂着一
块白色牌子，上面写着：

你们真以为可以轻易地打败我吗？

第三章
爸爸失踪了

"**我**们该怎么办？"我着急地大喊。我不知道自己此刻更害怕什么：是HIM明明白白留下的那块嘲笑我们、证明他还活着的牌子？还是我们无法接近房子这件事？无论如何，只凭我们两个人绝对干不掉这么多怪物！

"你去对付僵尸，我来对付骷髅！"艾利克斯话音未落，一群僵尸朝我扑来。我立刻挥起钻石剑反击。骷髅并不打算靠近我们，它们只是远远地拉弓，一眨眼，我们周围便箭如雨下。艾利克斯奋起杀敌，我则左躲右闪，避开射来的箭。

突然，我想到一个绝佳的主意。

"爸爸！"我大喊道，我多么希望他此刻能从家里冲出来帮助我们。他是这一带最厉害的战怪斗士，能把这些怪物吓得不知所措。爸爸不可能被HIM彻底洗脑，他不可能在自己的儿子被怪物攻击时，也不肯救儿子一命。

艾利克斯听到我喊爸爸，也跟着大喊起来："舅舅！快来帮帮我和史蒂夫！"

可是爸爸并没有开门出来，他好像根本不在家。

不可能！我心想。爸爸从不在天黑后出门。就算他听不到我和艾利克斯的喊叫，也应该能听到这些僵尸和骷髅的声音。

"快跑！"艾利克斯大声催促我。只见守门的骷髅已经全被她干掉了。这为我们开出了一条路，但我们还得小心躲开僵尸。因为我们离门口还有很长一段距离。

我挥剑砍中一个僵尸，但因为用力过猛，自己也跟着向前栽去。这时，又一个僵尸朝我发起攻击。我被打倒在地，痛苦地呻吟着。更多的僵尸见状便一拥而上。不过，它们很快都中了艾利克斯的箭。艾利克斯几步跃到我身边，抓起我的手就跑。僵尸叫喊着，摇摇晃晃地追上来。我们拼命逃跑。

"史蒂夫！"艾利克斯大喊一声，往前一个趔趄撞上了我。她被一具僵尸击中了，虽然没有倒地，但撞在了我身上。我趔趄一下，手里的剑差点掉了。僵尸不断攻击我们，我和艾利克斯一路奋力反击，好不容易到了房门口。我赶紧打开门，和艾利克斯、奥西冲进门里，僵尸紧跟着也要进来。

我挥剑击退所有要闯进来的僵尸。来啊，来啊！我在心里冲着僵尸大喊。

终于把门关上了，僵尸被挡在了外面。

房门外，僵尸在喊叫，在抓挠墙壁。但爸爸建的房子非常坚固，它们进不来。

我和艾利克斯精疲力竭，瘫倒在地板上。我俩都身负重伤。我又喊了一声："爸爸。"房间里空空荡荡，只有我的喊声在回响。显然，爸爸不在家。

艾利克斯看到我惊慌的表情，赶紧说："没事的，史蒂夫。也许他出去找你了。我们现在需要找点东西吃，吃完就会舒服一些。”

"HIM还没死，"我转身，瞪大眼睛望着艾利克斯说，"你看见门前的那块牌子了吧？一定是HIM留下的。"

"也许是谁开了一个吓人的玩笑。"艾利克斯说。我知道她自己也不相信这种解释。HIM以前也给我们留过这种可怕的牌子。

我们拖着沉重的脚步到厨房吃东西、喝牛奶，好恢复体力。我也喂了奥西几条鱼。吃完东西，我们感觉好些了，我也没有那么害怕了。也许艾利克斯说得对——爸爸出门找我去了，他不会有事的。在这一带，爸爸是有名的怪物杀手，人们都管他叫"了不起的史蒂夫"。像爸爸这样的名人，夜里出门应该也很安全。我心里这样想着。

"那些怪物……也许挑战太大了点。"我们感觉好些后，艾利克斯说。看得出来，她为我们没能干掉所有怪物而感到难堪。

"爸爸说：'有时候，你没得选，虽然难受也得去做。'"不幸的是，这话又让我想起了爸爸。我还是有点担心他。

最后，我和艾利克斯一起睡在我的卧室里，因为这样感觉更安全。奥西蜷缩在床脚，打起了呼噜。能逃出HIM的魔爪，回到家里，它一定也特别开心。

躺下之前，我拿着唱片坐在床边。平时，唱片一直发声，说的是只有我、艾利克斯、梅森、德斯蒂尼和杨希五个人才能听见的预言。可是现在唱片默默不语。我紧紧盯着它，希望它能给点线索，告诉我爸爸在哪里。

一片寂静，耳边只有门外僵尸的叫声。

虽然浑身疼痛，但我几乎一躺下就睡着了。我做了一个梦。

在梦中，我和梅森都在她的世界里。我们用她壁炉里的木头搭东西，玩得很开心，就像我们第一次见面时的情景。那时，我在主世界一个真正的朋友都没有，梅森在学校也受尽欺负。所以，刚交上朋友那会儿，我们都把对方看得无比珍贵。我觉得自己太幸运了，能够找到那扇神奇的传送门，发现梅森和她的世界。

在梦中，梅森说她饿了，于是我们打开她的冰箱。冰箱就是她的世界里人们储存食物的地方。梅森介绍了各种食物，有芝士汉堡、肉桂吐司，还有烤芝士三明治。

在她的世界里，人们不像我和爸爸一样收获、制作食物。梅森说，她妈妈只要付给商店一种叫"钱"的彩色东西，然后食物就神奇地出现了。

冰箱里有一袋红里透白的食物。那种颜色使我想起了下界石。我和爸爸只去过几次下界，但那个恐怖的地下世界给我留下了毛骨悚然的印象。那可不是个好玩的地方。

"哇，你们用下界石做吃的？"我吃惊地问。

梅森翻了个白眼，但其实她是在笑。有时候，我们两人的世界太不同了，文化差异非常大。"这是生牛肉，史蒂夫，"她说，"用来做芝士汉堡的。只是颜色和下界石差不多。"

我搞混了。我们都笑了。

"但这东西怎么会变成芝士汉堡呢？"我问，"要用到工作台吗？"

她给我解释起炉子的用法，可突然间，她停了下来，一声不吭。

屋里似乎突然变冷了。我感觉到有什么东西来了，是一个邪恶的东西。

"不要啊。"梅森说。她也感觉到了。

突然，HIM出现在我们头顶。他的眼睛没有瞳孔，两个深渊似的白眼珠直直地瞪着我们。小时候我听过的那些恐怖故事，都没有描述过这双凶恶、空洞的眼睛是多么令人毛骨悚然。

梅森站在我身边，她吓呆了。我伸手想拔出钻石剑，这才发现自己也动弹不得。

"晚上好，史蒂夫。"HIM说。他的声音既尖厉刺耳，又温柔无比，像是含有剧毒的蜜汁。

"HIM！"我惊叫道，"在山顶上，我们已经把你打败了啊！"

HIM哈哈大笑，好像我刚刚讲了一个有趣的笑话。"没错，我是消失了，但我并没有被打败。你知道我的来头，史蒂夫。杨希创造我本来只是闹着玩的，没想到我有了意识。我从杨希的怒气里产生，用世界的愤怒当养料，我的任务是让人们更愤怒。难道你没注意到最近身边的人很容易互相猜疑、发火吗？这都是拜我所赐，不过这才开了个头而已。"

"我家门前的怪物是你派来的，对不对？"我质问他，"牌子也是你留下的？"

HIM阴险地笑了："没错。"

"哼，我们闯过了你的怪物关，"我气冲冲地回击他，"我们已经摆脱它们了。"

"你爸爸很棒，他把这所房子建得很坚固，挡住了怪物。"HIM笑着说。他的嘴咧得更大了，眼睛里闪烁着得意、疯狂的光。"不过没关系，我不想要你家的房子，我想要更棒的东西。"

更棒的东西？我紧张地咽了一下口水，突然明白了。

"传送门，"HIM轻声说，他看透了我的心思，"我要的是那扇通向你朋友那个世界的传送门。"

"不！"我一边喊，一边拼命挣扎，想抽出剑来。没用！我还是动弹不了。HIM是怎么让我们僵住的？"你不能到门那边去。"

"所以我才对你这么感兴趣。"HIM好像没听见我的话，继续说，"你就是拥有那扇门的男孩。有了那扇门，我就能到你的好朋友梅森的世界去了。你知道我打算去干什么吗？"

"不要啊！"我大喊道。

"我要统治那个世界，"他说，"我要让人们彼此仇恨，我要借助人们的仇恨扩大我的势力。我的势力会越来越大，人们没办法阻止我。他们认为《我的世界》不过是一款游戏，大部分人甚至不知道我。这个计划很棒吧，史蒂夫？现在，跟你的好朋友梅森告别吧，因为你再也看不到她了。"

第四章
艰难的决定

终于又能动弹了！我立即挥剑朝HIM一阵猛砍。就在这时，我突然惊醒了，原来我被床单缠住了，正在拳打脚踢地挣扎。阳光照进卧室，屋外的僵尸都消失了。奥西还在我身边，艾利克斯的声音从楼下传来，她正喃喃自语。

爸爸还没回家。

我快速穿上蓝绿色上衣和紫色裤子，来到楼下，只见艾利克斯也穿戴好了：绿色上衣、棕色裤子。她已经吃过早餐，正在收拾工具包、整理弓箭。

"噢，嘿，史蒂夫，"她看见了我，说，"我想让你多睡一会儿，好完全恢复。你感觉怎么样？"

我脑子里乱糟糟的，不知道该做什么，只觉得心痛得厉害。我望着艾利克斯，机械地回答："我睡得还好。"

我不能告诉她我梦见了什么，我也绝对不能告诉她我打算做什么。因为我怕她会劝我放弃。

"我一会儿进村去打听你爸爸的下落，看看发生了什么事情，"艾利克斯接着说，"我要带上一张唱片，万一它又开始说预言了呢。你吃早餐吧。等我回来，咱们就到传送门那边去看梅森他们，好吗？"

我不想告诉艾利克斯那已经是不可能的事了。我也不能骗她。"嗯。"我回答得含含糊糊，她怎么理解都行。

艾利克斯一出门，我便快速地吃完早餐，恢复了体力。一切都带着忧伤的感觉。我拿起一张唱片，愤怒又绝望地摇晃它。

"求你了！"我恳求道，"给我一点线索吧！别让我那么做！"

唱片依然沉默不语。我气得把它扔到了房间的另一边，然后双手抱着脑袋。我真不想失去梅森。

可是，如果我不采取任何行动，HIM就会……他就会……

我不敢去想他会对梅森和她那个世界做出什么事来。我想也没想就拿起父亲的钻石镐，装进了工具箱。我又捡回唱片，心里仍旧希望它能告诉我一点什么线索。奥西跟着我出了门，我们来到阳光下，走过花丛和几棵橡树。

刚才经过的那几棵树都没有叶子了，我大吃一惊，因为树木落叶正是HIM在附近的一个信号。

我来到传送门所在的小屋，轻轻推开房门。一进门，我就再也挪不动脚步了，心怦怦直跳。

我抚摸着传送门。梅森在电脑上玩《我的世界》时第一次创建了它。在那之前，她并不知道"我的世界"真的存在。她找到了一些自己从来没见过的奇怪石头——说实话，我也没见过那样的石头——尝试着用它们来创建新东西。这扇特殊的传送门就是这么来的。当时我们谁都没有料到它有这么神奇的作用！

奥西仰着头朝我喵喵叫。它用眼神告诉我，要有麻烦了。

我缓缓将手伸进工具箱，拿出钻石镐。

"对不起了，梅森。"我说。我只知道一种阻止HIM穿过传送门去毁灭梅森世界的办法。所以我只能先下手毁掉传送门。

钻石镐砸中石头的那一刻，奥西狂叫着，像是在竭力阻止我。它跳上我的肩头，冲我又叫又抓。

"别这样，奥西！"我带着哭腔说，然后把它赶下肩头。奥西优雅地跳到地上，委屈地望着我，好像根本不理解我的心情。

"对不起了，梅森。"我又说了一遍，但其实道歉多少遍也于事无补。我举起钻石镐，又砸向传送门。两下、三下……石块被砸碎了，稀里哗啦塌落一地。传送门倒在我四周，成了一片废墟。

终于，再也没有什么东西可以挽救传送门了。我捡起掉在地上的钻石镐。

我浑身颤抖，耷拉着脑袋，跌跌撞撞地走回家。我想象着梅森睡了一夜好觉，早晨醒来，坐到电脑前，准备穿过传送门来看看我怎么样了。可是，她的电脑屏幕已经像那个世界里的其他电脑一样了。

"史蒂夫！"我想象着她穿不过来时着急大叫的样子。她会使劲拍拍电脑屏幕，看到没有反应后，再挥拳猛敲一阵。

也许她会认为只是出了一个令人伤心的差错，但绝对想不到是我造成了两个世界的人永远不能再相见。

"我希望你能理解我为什么这么做，梅森。"我又轻声对她说，好像她听得见似的。我多么想再听听梅森的声音啊！

我往回走，翻过山，望见了我家的房子。我注意到两件事：一件是艾利克斯手里拿着一个卷轴，正朝着房子飞跑；另一件是房门上又挂起了一块新的白色牌子。我知道那是HIM的留言，但离得太远，我看不清上面的字。

"史蒂夫！"见到我，艾利克斯老远就喊，然后朝我这边跑过来。跑到我跟前时，她已经气喘吁吁了。

"你打听到我爸爸的消息了吗？"我急忙问，可心里却不想听她回答，因为她的表情已经告诉我，不管她从村里具体得到了什么消息，都很糟糕，糟糕极了。

"没有，"艾利克斯喘了一口气，摇着头说，"我连村子都没能进去。到处都是侍卫，人们在打仗，还有……还有……"

她颤抖着打开了那个卷轴。

"我在村外不远的一棵树上发现了这个。"她说。

卷轴上是我、杨希、德斯蒂尼、梅森和艾利克斯的画像，末尾写着：

通缉令，当场逮捕。

第五章
通缉令

我从艾利克斯手中一把抢过卷轴，"人们想逮捕我们吗？"

她点点头，说："肯定是因为我们帮杨希逃出了地牢。"

前不久，我们把杨希带到主世界帮我们打HIM，没过多久，他就被抓了。我们没办法，只好闯进地牢去救他。那可真够离奇的，因为抓他的那些侍卫是亚历山德拉村长的手下，而亚历山德拉村长是我的姑姑、艾利克斯的妈妈。现在，我们成了逃犯，亚历山德拉姑姑则成了又一位被HIM洗脑的人。

"我们必须到传送门那边去，找到其他人，"艾利克斯说着，把肩上的箭袋往上提了提，"告诉他们昨晚出现了新牌子，还有，那帮僵尸和骷髅在等着我们……”

“嗯……艾利克斯。”我慢吞吞地说。

“也许他们那边也有什么线索呢。”艾利克斯一边说，一边迈开步子朝传送门所在的方向走去。

我不知该怎么办才好，又叫了一声：“艾利克斯。”

艾利克斯站住了，她望着我，困惑地问：“怎么了，史蒂夫？我们可没时间磨蹭了！”

我盯着手中的卷轴。在不久之前，我还是主世界的英雄，因为我拯救了它，没让它被僵尸统治，可现在我成了主世界里人人追捕的逃犯。不过，比起这点，告诉艾利克斯实情更加令我痛苦。

“怎么了，史蒂夫？”艾利克斯急忙凑上来问。她害怕了，不再像以往那样一副“大姐大”的口吻。

“我们不能到传送门那边去。”我小声嘟囔着，几乎听不清自己在说什么。

“啊？”艾利克斯问。

“我们不能到传送门那边去。”我说得清楚了一点。

“到底为什么？”

“我们不能到传送门那边去，因为……”沉默，深呼吸，“因为它已经被毁掉了。”

“不会吧？”艾利克斯喊道，“不能重建吗？”

我摇摇头说：“不行，重建不了。”

“HIM那个混蛋！”艾利克斯气极了，“肯定是他干的！”

“不是HIM。”我为难地说。

艾利克斯瞪大眼睛看着我：“这么说，你知道是谁干的？快告诉我！”

我尽量拖延，想找出一个合适的方法来告诉她实情。可是，我真想不到有什么方法，可以平静地把这件事说明白。我满心内疚，比被下界的岩浆炙烤还痛苦。“嗯，是这样，我知道不是HIM，因为……”

“因为什么？”艾利克斯追问。

没有办法委婉地说明白了。“因为是我毁掉了它。”我说。

艾利克斯使劲拽住我的衣领，我差点摔倒。“你这个蠢货！"她冲我大吼，"你想干什么？"

我一边努力挣脱，一边哭着说："我自己也难过得要命！"

艾利克斯厌恶地松开手。"是你毁掉传送门的！这太荒唐了！"她气急败坏地踱来踱去，冲我吼道，"你再也见不到最要好的朋友了，你明白吗？"

"我明白，明白！"我说，"但我该怎么做？昨天夜里我梦到了HIM。他说他要抓我，因为我知道传送门在哪里，他要到那边去毁灭梅森的世界。我该怎么做？我必须拯救梅森和她的世界！所以我才砸坏传送门，让HIM去不成。"

艾利克斯还是一副厌恶的表情，但至少她现在明白了一些，所以不再大嚷大叫，不再气急败坏地踱来踱去。"你去之前怎么不告诉我这个梦和你的计划呢？"她责问我。

"我害怕自己会听从劝说放弃计划啊，"我说，"也是因为这个，我没有到传送门那边去跟梅森告别。如果我放弃，让HIM得逞，毁灭梅森的世界，我将永远无法原谅自己。就像爸爸说的一样：'有时候，你没得选，虽然难受也得去做。'"

说到这里，我已经泣不成声，艾利克斯也不知道拿我怎么办才好。她叹了一口气，手扶着额头，陷入沉思。

"好吧，"她终于说道，"好吧，我们现在还有别的事要办。人们看到通缉令，很快就会搜到这里来，把我们抓进地牢。这一点你肯定也想到了吧，史蒂夫？"

我跌坐在地上，奥西跑过来蹭我，想给我一点安慰。"真够倒霉的，坏事没完没了，对吧？"我说，"爸爸失踪，HIM逍遥法外，我们马上又要被抓进地牢了。此时此刻，我多想再听听梅森的声音啊！"

就在这时，我突然听见梅森喊我："史蒂夫！史蒂夫，你在哪儿？"

第六章
唱片电话

我和艾利克斯同时转身。我的心怦怦直跳，以为这下会看到梅森，看到她安然无事，还能到主世界来。但是放眼望去，周围空荡荡的。

"史蒂夫！"梅森又喊了起来，声音更加焦急了。

艾利克斯和我都低头看向我带着的那张唱片。它正在旋转发光。

"梅森！"我大叫道，把唱片凑到脸旁。

"史蒂夫，是你吗？"梅森急得发狂。毫无疑问，她的声音是从唱片里传出来的，"我不明白这是怎么回事。我能听见你的声音，却看不见你的人。"

"我是从唱片里听到你的声音的。"我说。

梅森高兴地喊了一声。她搞明白了："我也是！

我们回来时，杨希把唱片忘在背包里了，现在它正在我的卧室里旋转发光。我能听见你的声音。"

"没错，没错！"我说，"我也能听见你的声音！"

艾利克斯瞪大眼睛。"好神奇！"她说，"这些唱片就像……他们的世界里让人们不管在哪里都能彼此通话的那种东西，叫什么来着？"

"电话！"我说，"这些唱片就像电话一样。噢，梅森，真想不到我还能和你说上话！"

"史蒂夫，今天早上，我想穿过我电脑里的传送门，到你们那边去，"梅森说，"但是我过不去了。我把德斯蒂尼和杨希叫到家里来，可他们也搞不明白是怎么回事。"

唱片里又传出杨希的声音，听起来他好像站在梅森身后，朝唱片探过身来。

"嘿，史蒂夫！"他说，"我们为什么穿不过传送门了，你知道吗？我们非常、非常、非常需要和你们谈谈。"

艾利克斯凑上来，替我回答说："我们也需要和你们谈谈，传送门不在了。"

唱片里传出梅森、杨希和德斯蒂尼的惊叫声。

"不可能，不可能。"杨希说。

"不会的！"梅森说。

我低垂着脑袋，脸上火辣辣的，羞愧得说不出话来。

"我还没说完呢。"艾利克斯解释说，"昨晚我和史蒂夫回到他家的时候，发现房子已经被HIM派来的僵尸包围了，门外还留了一块牌子。史蒂夫的爸爸也失踪了。今早我到村里去找他，结果发现我们五个人都被通缉了。夜里，史蒂夫梦见了HIM，他说要毁灭你们的世界……"

"那传送门为什么不在了？"德斯蒂尼问，"我们需要它，现在就需要！"

艾利克斯用询问的眼神望着我，好像在说："你想解释一下吗？"我不想解释，于是转开脸去。

"史蒂夫毁掉了传送门，"艾利克斯说，"因为他不希望你们受到HIM的伤害。"

"噢，史蒂夫，你快说，这不是真的。"杨希说。

"是真的，"我说，"我心里难过极了，什么也不想说。但是这样一来，虽然我和艾利克斯还得继续和HIM战斗，好在你们摆脱了他，安全了。"

我说完后，大家都沉默不语，周围静得可怕。一开始我以为唱片坏了，但突然德斯蒂尼低声说："我们该告诉他吗？"

杨希清了清嗓子。"史蒂夫，"他说，"HIM骗了你。我知道你是出于好心毁掉传送门的，但你好心办了坏事。你知道吗？HIM已经到我们的世界来了。"

第七章
地球上的噩耗

"**不**！"我大吃一惊，结结巴巴地说，"不，不可能！我已经砸毁了传送门，所以他不可能……"

杨希打断我，说："他是昨晚穿过传送门的，史蒂夫，在你砸毁它之前。你毁掉传送门只有一个后果，就是把他困在了我们的世界。"

"你确定？"艾利克斯问。

"我昨晚也梦见了HIM，"杨希说，"他嘲笑我说，他在神殿骗了我们，让我们以为他被打跑了。但他哪儿也没去，只是跳进了我手机上的游戏——《我的世界》里面。我根本没察觉到，我们穿过传送门时，也把他带进了我们的世界。"

我记得杨希的手机上装了《我的世界》，我们曾经用里面僵尸的声音引开侍卫，闯进地牢救出了他。那个时候，手机发挥了神奇的作用，可是看看现在！

"现在更糟了，"梅森说，"今天早晨我一打开电脑，屏幕上就显示了HIM的脸。他盯着我说：'我是HIM。很快，你们每个人都会见到我。你们的世界要完蛋了。'我赶紧跑到妈妈那儿，结果她的电脑也中招了！"

"你的意思是——"艾利克斯说。

"他控制了世界上所有的电脑、电话和平板电脑，"德斯蒂尼说，"这些设备的主人都看到了他，听到了这条信息。"

"不管他们住在哪儿，说什么语言。"梅森接过话茬，"他用不同的语言宣布了这条信息。他想让所有人知道，他要毁灭我们的世界。"

"他太自大了，这会把他害惨的。"艾利克斯说，"如果他告诉全世界的人，他要发起攻击，那么大家就可以团结一心对付他了。"

"新闻上说，所有人的设备都被一种病毒或恶意软件攻占了，HIM的那条信息是该病毒或恶意软件的一部分，"梅森说，"人们正在指责一些团体或政府，说这是他们造成的。就算我们告诉人们主谋是谁，他们也不会相信。他们都以为《我的世界》不过是一款游戏而已。"

"除了对大家宣布了那条信息，HIM还做了什么？"艾利克斯问。

"没有什么了，但是毫无疑问，他正在到处刷存在感，"杨希说，"有人回到家里发现房子遭了贼，被洗劫一空了。除此之外，整个世界犯罪率飙升，人们又害怕又愤怒。"

大家又沉默了很久。"没错，"杨希终于开口了，"HIM还说，'过不了多久，我和我的军队就会攻打你们。等你们的世界毁灭时，可要谢谢史蒂夫帮了我啊。'"

第八章
预言中的叛徒

听到这话，我几乎崩溃了。"不！"我双手捂脸，喊道，"不，不可能！我毁掉传送门是为了保护你们呀！"

我害怕极了，转身跑开。艾利克斯大声喊我，让我停下。但我没有理会，一路飞跑回家。门前又出现了一块新牌子，像是在嘲笑我。我走近些，看见上面写着：

史蒂夫，你就是预言中的叛徒。

我终于控制不住自己，呜呜咽咽地哭起来："不！不可能！"

艾利克斯追上了我，她手里还紧紧地抓着唱片。

"我不太明白。"她看完牌子上的话，口气突然柔和下来，不再那么"大姐大"了。

我非常激动，冲她嚷道："你当然明白！我背叛了你们，因为我把HIM困在了他们的世界！他现在想怎么对付他们都行。我就是预言中那个无耻的叛徒！我一直都是！"

我大喊大叫，冲她发泄自己的愤怒和恐惧，其实我做出那样的决定和她没有半点关系。我没跟任何人商量，把握十足、自作主张地毁掉了传送门，以为只有那么做才能拯救大家。是我、是我、是我让整个世界陷入了危机，都是因为我！

唱片电话里传出梅森的声音，她问艾利克斯发生了什么事。艾利克斯声音颤抖地告诉了她牌子上的字。

梅森的声音传来："史蒂夫，别相信他！HIM说你是叛徒，就是要让你难过。这是他的把戏！"

"可他说得对！"我说，"一直以来，我都毫不怀疑要背叛我们的人是杨希。我……我从来没想过……我真的是想帮……"我难过得说不下去了，没有什么好说的了。

"史蒂夫！"杨希劝道，"你听我说，伙计。梅森说的对，你不要因此责怪自己。你现在要做的是创建一扇新的传送门，让我们能再次相见。"

艾利克斯一听这话，来了精神。但我知道创建一扇新的传送门可没那么容易。

"我办不到，"我说，"梅森创建传送门用的石头她以前从没见过，我也没见过。所以，我到哪儿去找那种石头呢？"

"杨希，你'黑'过我的电脑，你能重新创建一扇传送门吗？"

唱片里传来一阵噼里啪啦声，我猜是谁在打字。接着，那边所有的人都一声惊叫。

"怎么了？"艾利克斯连忙问。我紧紧盯着唱片，像是能从上面看到那边的情况一样。

HIM的声音传来，这就是答案。

第九章
HIM的阴谋

"你们不必惊慌。"HIM说，语气阴险又得意。

"他又出现在我的电脑屏幕上了！"梅森惊叫道。我和艾利克斯没吭声，不想让HIM知道我们在偷听。

"噢，我不光在你的电脑屏幕上，"HIM说，"我现在无处不在。今天早晨，你们听说我用不同语言对人们说话，觉得吃惊吗？那没什么了不起的。我'黑'了所有人的电脑系统，所以不仅知道他们用的是什么语言，还知道了他们许多不光彩的事。我真想把他们的丑事告诉全世界。每个人的恐惧和丑事都会通过互联网传播出去，这可要感谢我。这是你们所说的网络暴力的另一种形式，对吧？"

"你错了，"杨希说，"没有人足够强大，可以'黑'掉所有人。"

"杨希，噢，杨希，"HIM说，"我喜欢'黑'你的邮箱。少男少女都喜欢抒发烦恼，喜欢记日记，对吧？我发现你一直在给心理医生发邮件，说一些非常隐私的事，好精彩啊。还记得你五年级放学时，同学们会朝你扔鸡蛋，一路追到你家门口吗？"

"你没有权利看我的邮件！"杨希急得大喊，"只有我和我的医生才能看！"

"在决定欺负人之前，你已经被别人欺负惨了，没错吧？"HIM说，"一般是这样，对吧？暴力是一种传染病。你传给了我。"

"我不知道同学们竟然这么对待你。"德斯蒂尼很吃惊，轻声说。

"一方面因为你太聪明了，数学、科学和计算机成绩都太好了，"HIM嘲笑说，"另一方面你又不合群。显然，在你们的世界里，这是个缺点！同学们嫉妒你成绩好，因此欺负你。小学时，你几乎每晚都哭着回家，可又隐瞒事实，不让父母看见身上的伤痕。你觉得自己是世界上最无助的人。后来你发现，在网上，就算你不合群、不够强壮、打不过别人，也可以横行霸道。网络是你向世界发泄怒气的最佳平台。"

"我已经不那样了。"杨希咬紧牙关说。

"没用的，"HIM说，"我把你所有阴暗的、不光彩的日记都挑选出来，发在网上了。现在全世界都知道了。瞧！"

"不！"杨希痛苦地喊了起来。

我和艾利克斯惊恐地面面相觑。我们看不见发生了什么，但是能感觉到HIM正打开一些网站，杨希最见不得人、最私密的事都被曝光了。

"我得删掉这些东西！"杨希说。我听见他在飞快地打字。

"它们已经像病毒一样传开了，'病毒'，一个你喜欢的字眼，"HIM说，"现在成千上万的人都看到了。你在神殿背叛了我，就把这当作惩罚吧。说到叛徒……"

听上去，HIM似乎正咧着嘴笑呢。"史蒂夫！"他大声说，"虽然看不见你，但我知道你在偷听。"

我该怎么办？我心想，不出声，尽量装作没在偷听？还是大胆站出来，与他对峙？

我还没想清楚该怎么办，HIM接着说："史蒂夫，非常感谢你帮忙。因为你，我才控制了地球。要是没有你和传送门，我还真办不到！你一直那么自以为是，那么信不过杨希，到头来竟是你帮了我。我特别喜欢这种剧情。"

"我不知道你在说什么，"梅森说，"史蒂夫不在，他听不见你说话。"我明白她想保护我。

HIM笑了。"我可不这么认为，"他说，"但如果你说的是真话，就请你捎个口信给我们的老朋友史蒂夫。告诉他，我很喜欢绑架他的猫，不过我现在一点也不在乎奥西是不是安全地回到了他身边。告诉史蒂夫，这一次我捕到了更大的猎物。"

终于，最后一块拼图就位了。

"爸爸！"我大喊起来。

第十章
陷入恐慌

"史蒂夫，你在听！"HIM激动不已，"没错，史蒂夫，你爸爸可能是这一带最厉害的战怪斗士，但是抓到他并不难。他现在正和我在一起，在地球上，下次你穿过传送门到这边来的时候，可以来看我们。"

HIM停顿一下，笑着说："噢，好吧——你把传送门毁了，你来不了地球了。既然如此，我就替你跟他说'再见'吧。"

"别伤害我爸爸！"我叫喊着，"放他回来！HIM！HIM！"

但是HIM不再说话了。

杨希大叫一声："电脑死机了！"顿时，那边乱成了一团。

"被谁杀死的？"艾利克斯焦急地问。她听不明白那个世界的话，"有人受伤吗？"

德斯蒂尼拿起唱片电话说："HIM从屏幕上消失了，电脑罢工了。杨希正在尝试重启。"

我们等待着，紧张极了。我长这么大从没有像现在这样觉得自己这么没用。

"我搞不定！"杨希说，"得叫技术专家来。"

梅森又拿起唱片电话，"噢，史蒂夫，"她说，"你没事吧？"

我一时喘不过气，正努力恢复平静。艾利克斯看我没心情说话，立刻替我回答："他一会儿就没事了，你们怎么样？"

我听见杨希在后面着急地喊叫："你什么意思？帮不上忙？伙计们，技术专家说所有人的电脑都死机了，他们忙得焦头烂额！"

"所有人的电脑？"德斯蒂尼倒吸一口气，"这么说，我们没办法在这儿新建一扇传送门了。"

我蒙住了，一把从艾利克斯手中抢过唱片。"梅森，梅森！"我呼喊起来，"真对不起！求求你，一定要帮帮我爸爸！"

"我们会竭尽全力的，史蒂夫，"梅森说，"但是世界太大了，HIM可能在任何地方，没有电脑能够锁定他的位置——"

"史蒂夫，"杨希口气严肃，活像一位发号施令的将军，"现在靠你了，你和艾利克斯必须想办法再建一扇通向我们世界的传送门，这是我们唯一的希望。"

艾利克斯用手撑着脑袋，陷入了沉思。

我一点忙也帮不上，可杨希却觉得我能再建一扇传送门，我真要急疯了。

"你不明白吗？"我尖叫道，"我没办法再建一扇传送门！我不知道去哪儿找那种石头，以前、现在我都没见过那种石头。爸爸知道关于主世界的一切，可就连他也没见过那种石头。"

艾利克斯慢慢回过神来，说："我见过。"

我转头看着她："你见过？在哪儿？"

"很久以前，"她说，"有一次我去下界，当时碰到过。"

"下界！"梅森对我说，"没错！你和艾利克斯必须去下界找那种石头！"

"那可不容易，"艾利克斯说，"我没有地图，而且下界总是一片昏暗，一天到晚都有凶猛的怪物。退一步说，就算我们找到了石头，也不见得能躲开怪物平平安安地回来。"

"这么说，你办不到？"德斯蒂尼问。

沉默许久之后，艾利克斯笑了，又说："噢，我可没那么说，我时刻准备着迎接挑战。"

"那就赶紧吧！"梅森催促我们，"时间不等人！"

第十一章
新的预言

艾利克斯抓住我的衣袖，把我拽到爸爸的工具棚里。爸爸是个未雨绸缪的人，工具棚里塞满了这些年收集的各种材料。

"艾利克斯，你要干什么？"我吃惊地问。

艾利克斯这时候已经搬出了爸爸挖来的黑曜石。"我要创建下界传送门。它是什么样子的？"

"那个……你还记得是在下界的什么地方见过那种石头的？"

我知道他们几个已经认定，我俩必须到下界去，别无选择。但是下界危险重重，那个地下世界一片昏暗，岩浆横流，怪物遍地，无论进出只能通过特殊的传送门。我只去过一次，是和爸爸一起的，因为必须有大人陪同。虽然我曾经拯救过主世界，没让它被僵尸统治，但爸爸还是说，独自去下界我应付不来。

在下界，人很容易迷失方向，找不到回传送门的路，最后就会被永远困在那里。悬崖峭壁的下面是万丈深渊，翻腾着滚烫的岩浆。岩石间的几座桥似断似连，给人能够通过的错觉……可一旦踏上去，就会跌进不见底的深渊，万劫不复。

在下界，还有怪物，会见到恶魂。恶魂是一种浮空的白色生物，长着方块身体和触手，看上去有点像鱿鱼，但是会飞，可以发射火球。因为在下界，水是蒸汽形态的，所以如果你被火球击中，那就倒霉了。

不幸的是，恶魂只是磨难的开始。那里还有烈焰人，一种凶猛的黄色小怪物，可以燃烧，但它们自己不会被烧伤。烈焰人每次可以发射三个火球。岩浆怪像一些跳来跳去的小方块脑袋，看着挺滑稽的，但它们可以分裂成许多更小的岩浆怪攻击你。另外还有凋灵骷髅。它和主世界里的骷髅有点像，但是是黑色的，手持锋利的剑。

还有凋灵，长着三颗头，是可以飞的巨型大魔兽，发起攻击时，会在你上空旋转，冲你发射蓝色凋灵之首。这种武器攻击力很强，可以摧毁像黑曜石一样坚硬的东西。

通常来说，你受伤后需要休息、补充食物。但在下界，这几乎是不可能的。比如，你做出一张床，想上去睡一觉，床却突然爆炸了。就连床也可能是危险品。

换句话说，把主世界夜晚里所有邪恶、可怕的东西加起来，再乘以十，那就是下界的样子。还有永远的黑暗，遍地岩浆。我有无数个理由害怕到下界去。

我想不明白，为什么艾利克斯对所有这些理由都视而不见。"不，我不记得具体在哪儿见过那种石头。"她语气镇静。

"难道我们就这样去无边无际的下界晃荡，指望侥幸碰上那种石头，及时阻止HIM？"我怒气冲冲地质问她。可笑至极！"退一步说，就算我们能找到那种石头，可谁知道究竟能不能建成新的传送门？也许必须由梅森在她的电脑上创建，在我们这边建不成呢？这跟我们从前创建的传送门不一样！"

艾利克斯正用黑曜石砌传送门，听到这话，她抬起头，两手叉腰，盯着我说："我知道这很疯狂。但关键是，你觉得有什么更靠谱的办法吗？"

"有！"我说，"随便什么办法都比这个靠谱！"

艾利克斯步步紧逼，整个人几乎都要贴到我脸上了。"我看你并不清楚我们的处境，史蒂夫，"她说，"至少我们在行动，设法去你爸爸和你朋友的世界，除此之外，还有什么办法救他们？"

这招够狠，因为一提到爸爸，我完全无力辩驳。我想不出更好的主意，一时结结巴巴、语无伦次。艾利克斯说："好，就这样定了。"

她继续砌门，我在一旁焦急地指手画脚。她先用黑曜石搭起门框，中央留下足够大的空间供我们通过。搭好后，艾利克斯拿出燧石和铁块，点着了火。传送门被激活了，门中央燃起一团亮紫色的火焰，随后，更多紫色火焰在雾中摇曳。作为通往邪恶之地的枢纽，这扇传送门倒是够漂亮。

我对着唱片喊道："梅森，有什么别的办法能让我们回到你的世界去吗？杨希修好电脑了吗？"

一阵沉默，我没多想，接着又过了好久，还是没有回应。我晃晃唱片。

"梅森！"我扯着嗓子喊，仍然没有回应。我的心沉到了谷底。

艾利克斯抢过我手里的唱片。"坏了吗？"她也晃了一晃，问道。

我的第一反应比这坏得多：他们不会已经被HIM抓住了吧？

不知从哪里传来一阵乐声。一开始，我以为是从艾利克斯手中的唱片里传出来的，后来才意识到乐声来自她的工具包。艾利克斯一把抓起工具包，翻出我们找到的第三张唱片。我们当电话用的那张唱片一言不发，而这张唱片却在自动旋转，乐声正是它发出来的。

我和艾利克斯隔着唱片，你看看我，我看看你，吃惊到无法相信。它会给出新的预言吗？

　　阴森、邪恶、令人毛骨悚然的乐声戛然而止，这时一个刺耳的声音响起，念着像诗一样的字句。

　　魔王逃出了主世界。

　　他盯上了另一个世界。

　　创建传送门的石头，

　　在下界——它们的产地。

　　石头呼喊，

　　无心的背叛者，

　　也可以做出英雄壮举。

　　只有直面黑暗，

　　才能打败HIM。

　　就在这时，唱片发光了。其中一束光射向了下界传送门——射向了我们的命运，同时也是两个世界的命运。

第十二章
唱片的指引

"你觉得它会指引我们找到那种石头吗？"我小声问。这个想法太离奇了，我不敢大声说出来。

艾利克斯听后摇摇头，但我发誓我看见她嘴角浮起一抹笑意。"我从没听说过唱片有这个功能，"她说，"不过我也没听说过唱片能预言。我们按照它的提示做，看看会怎么样吧。"

我知道我们没有时间犹豫了，现在必须到下界去。

艾利克斯收拾好更多的武器和工具，和我一起向传送门走去，她走在前面。我手里紧紧攥着唱片，抱着一线希望，希望能再一次听见梅森的声音。

奥西蹭蹭我的腿，我突然想起一件事。"噢，不！"我说，"奥西怎么办？"

　　往常，我觉得把奥西独自留在家里没什么，但那是在遇见HIM之前。现在，我不想冒着它再被抓走的危险，让它独自留在这里。但是，我也不想让它跟着我们去下界冒险。

　　奥西又蹭蹭传送门，像是在说它想到下界去。真是一只傻猫。

　　"好吧，我觉得它已经想好了，"艾利克斯说，"你为什么不让它趴在你肩膀上？这样它就不会乱跑了。"

　　好主意。我抱起奥西，把它稳稳地放在肩上，说："趴好哦，奥西。"它蹭蹭我的头，像听懂了似的咕噜噜哼着。

　　"我先过去。"艾利克斯说完就跳进传送门，去下界了。

　　我等了一会儿，然后深吸一口气，也跟着跳了进去。

　　有那么一刻，一切都变得模糊了，周围蒙上了一层紫色。接着，我两手着地，落到门的另一边，就这样，我来到了下界。"嗷！"我疼得大叫一声。原来奥西紧紧抓着我，爪子扣进了我的肩膀。梅森的世界对我来说已经够奇怪了，尤其是第一眼看到它时，但那还是不能和下界相比。

在下界，空气是暗红色的，像是混和了夜晚和蛛眼的颜色。我们头顶是主世界的地面，这让人感觉十分压抑。人要是看不见天空和阳光，该怎么活下去呢？我们周围的石头全是红彤彤的，形状杂乱无章。地上是一处处火堆，橙红色的火焰似乎要吞噬跌到里面的人。黑暗包裹着我们，无穷无尽，无边无际。

我们并不孤单。

几步之外就是一大群僵尸猪人。它们的形状和主世界中的僵尸一样，但是皮肤混杂了僵尸的绿色和猪的粉色。它们甚至长着小小的粉色猪鼻子。我记得爸爸告诉过我，它们是闪电击中猪后生成的，对岩浆造成的伤害有免疫力。我可不想再生成更多的僵尸猪人。

我见它们手持金剑，就下意识地拿起钻石剑防御。

"史蒂夫，不！"艾利克斯以为我要攻击它们，大声阻止我说，"别攻击它们，不然它们会起来反击的，特别凶猛。相信我，你肯定不希望被整群僵尸猪人攻击。"

"好，好，我懂的。"我说。我早就懂——这些年，爸爸早已让我把下界的规则熟记于心，只是我太担心他了，一时没想起来。

"啊哈！"艾利克斯叫了一声，她注意到唱片的光指向了东方。我猜应该是东方吧，因为在下界，真的很难判断方向。

艾利克斯果断迈开大步，朝唱片指示的方向走去，完全无视几乎擦身而过的僵尸猪人。我胆战心惊地跟在她身后，紧紧盯着那些僵尸猪人，以防它们发起攻击。

等我们走出很远，几乎看不见传送门时，艾利克斯站住了，从箱子里拿出一些工具。

"你这是干什么？"我搞不明白，一边问，一边四下张望，怕有什么危险。周围有几群僵尸猪人，但是没有特别危险的怪物。我们从僵尸猪人身旁经过时，它们发出了哼哼声。

"如果这张唱片罢工——或者把我们引向错误

的方向——我们不至于像傻瓜一样无计可施，"艾利克斯说，"我妈妈告诉我，到了下界，一定要留下踪迹，好让自己能原路返回。"

我很高兴艾利克斯想到了这一点。我跪下来，用木棍和煤炭在地上做成火把。不一会儿，火把烧旺了，这里又多了一团火。

我们继续向前。"史蒂夫，"艾利克斯说，"看得出来，你紧张极了。没事的！这些唱片从来没骗过我们，我们肯定很快就能找到石头，再建一扇传送门。它一建好，我们就和其他人会合，计划接下来的行动。想要现在就搞定一切，真是太难了。"

我想，她之前肯定认为事情很容易。

"已经太难了！"我说，"如果我们被怪物攻击，找不到石头怎么办？下界是一个危险的地方，艾利克斯！这可不是什么奇趣冒险。"

"你要那么想，会活得很痛苦。"艾利克斯说。突然，她停住脚步，直视我。"等等，我明白了，"她说，"你害怕下界。"

"我不怕！"我反驳说，但我的表现却出卖了我——浑身发抖，握着钻石剑东张西望。

"我知道你爸爸说过'有时候虽然难受也得去做'，"艾利克斯说，"但是'担心什么来什么'也是真话。瞧瞧，面对这场下界冒险，你还不如你的猫兴奋。"

奥西趴在我肩膀上喵喵叫着，使劲蹭我的头。讨厌鬼！

我们继续赶路，前面出现了一座桥。它悬在两面石崖之间，下面是一片岩浆湖。就算站在桥头，我的脸也能感受到升腾上来的热浪，不敢想象碰一下岩浆，或者掉进湖里是什么感觉。

桥面摇摇晃晃，我和艾利克斯走得胆战心惊。

"再怎么说，这座桥是通的呀，"艾利克斯很庆幸。因为下界有很多断桥，到达不了对岸。"我还是觉得这张唱片不会把我们引到什么坏地方去。"

话音刚落，现实就把她的话推翻了。我们刚走下桥，来到对面的石崖上，就听到了一阵令人毛骨悚然的声音。那声音好像婴儿的啼哭，又像急促的呼吸，既柔和又刺耳。我们还没想好怎么应对，三只恶魂就从暗处冲出，直奔我们而来。

　　"蹲下！"我赶紧大喊，只见恶魂正张开大嘴，朝我们射出火球。

第十三章
对抗恶魂

我和艾利克斯赶忙闪身，好险！其中一个火球紧贴着我的脸呼啸而过，它飞过石崖，冲进了下面的岩浆湖。我的脸被烤得火辣辣的。奥西趁我们手忙脚乱时，跳下我的肩膀跑了。

来不及叫它回来了。又一个火球冲我飞来，我急忙滚翻在地，肩膀差点被击中。艾利克斯也是又蹦又跳又打滚。她连发几箭，但火球来得太快，根本不给她时间瞄准。这些火球落地后，立刻爆炸，接着便燃起了熊熊大火。

我赶紧站起身，抽出钻石剑。我知道一个好办法：用武器把恶魂发出的火球反弹回去，这样可以杀死它们。可惜我从来没试过这一招。一只恶魂冲我射出火球，我慌忙挥剑，但还是失手了。

打斗中我瞥见了艾利克斯，她还在躲闪、抵挡，竭尽全力想找到瞄准的机会。又一个火球朝我射来，我又一次失手了。其中一只恶魂特别喜欢攻击我，还有两个围着艾利克斯，朝她喷火。我们脚下的地面被火球点燃了，成了一片火海。

我挥起钻石剑，这一次感受到了剑碰击火球的反冲力。终于打中了！只见火球朝恶魂反弹过去，差一点就击中它了，太可惜了！

恶魂在我上空摇来荡去，我不得不出剑反击。我明白了，它在把我往石崖边上逼。

"艾利克斯，救救我！"我冲她大喊。

"我也自身难保啊！"艾利克斯大声回答。她正在瞄准一只恶魂。这时，另一只恶魂张开嘴，冲她脚下射出火球。幸好艾利克斯及时跳开了，火球擦边飞过。

看得出来，恶魂也在把艾利克斯往石崖边上逼。它们不光想用火球射中我们，用燃起的大火烧伤我们，还想逼我们跌进下面的岩浆湖，那里可毫无生还的可能。

"艾利克斯，我们不能掉下去！"我说。

"难道我不知道吗？"艾利克斯没好气地反问我。

这时，奥西从远处跑来，见艾利克斯正被几只恶魂围攻，它便冲其中一只扑了上去。它跳上恶魂的头顶，用锋利的爪子深深刺进恶魂的白色方块脑袋。恶魂吓坏了，使劲地转圈，想甩掉奥西。

趁奥西缠住一只恶魂的空当，艾利克斯一跃而起，拉弓射箭，射中了她上空的另一只恶魂。恶魂中了箭，眨眼间便消失得无影无踪了。

"干得好，奥西！"我脱口喊道。可谁知竟酿成大错！就在奥西应声抬头的时候，恶魂趁机从背后袭击了它。奥西跌落到身下的石头上。谢天谢地，它没有受伤。艾利克斯又射出一箭，消灭了刚才被奥西缠住的那只恶魂。

恶魂在我上空不停地发射火球，步步紧逼。我挥舞钻石剑，剑锋又一次击中了火球。这一回，火球直冲恶魂反弹过去，一只恶魂被消灭了。

"好样的！"真高兴，我胜出了。史蒂夫1分，恶魂0分！

"也许我不该那么害怕！"我心想。

"史蒂夫，当心！"艾利克斯大喊。

艾利克斯射中了第三只，也是仅剩的一只恶魂。可这时，恶魂中箭前射出的最后一个火球已经冲我飞来了！

我赶紧往旁边一闪，炽热的火球紧挨着我飞过去了。一瞬间，两件事同时发生了。好事是，艾利克斯成功射中了仅剩的恶魂，消灭了它。坏事是，我脚下突然一个趔趄。

我回头一看，身后就是万丈深渊，而我的一只脚已经悬空，站不稳了。

我发疯似的挥舞着手臂，往前探身，想要恢复平衡。我甚至把剑扔到一旁，好空出两只手，然而这么做并没有用。我还是仰面翻了下去！那一刹那，我看见奥西嘶叫着朝我飞奔，但它帮不上我，它不过是一只小猫。接着我看见艾利克斯也朝我跑过来，她拼命伸出一只手，大喊道："抓住我的手！"

我真想抓住她的手。但是太晚了！我差点就碰到她的指尖了，可我失去了平衡，仰面往后跌倒，坠下石崖，向岩浆湖跌去。

第十四章
加油，艾利克斯！

我看见自己掉下了崖壁，看见艾利克斯脸色惊慌，猛冲到崖边，一只手还拼命地伸着，想要抓住我。

一切都以恐怖的慢动作进行着。首先，我两脚一松，失去了支撑。随后，我猛地坠落，感受到一阵强烈的下冲力。这一切就发生在几秒钟之内，我没有低头看岩浆湖，但全身的每一个细胞都知道它就在我身下。那里是一片橘黄色的火海，要把我永远吞没。我没有任何武器来抵抗那流动的烈火，连一把钻石剑也没有。

我的身体还在下落。"对不起，爸爸，"我心想，"对不起，梅森，我没能拯救你们。"

现在只能指望艾利克斯了。她能找到那些石头，新建一扇传送门，然后帮助梅森他们拯救两个世界吗？她能及时救出爸爸吗？

我紧闭双眼，准备好承受落进湖中那一刹那的冲击。我看见了爸爸，看见了梅森，看见了我在意的所有人，甚至看见了怪人杨希，我在心里默默与他们告别。我只能这样，因为再也没有机会当面说"再见"了。

但是，我没有落进岩浆湖，我的手被什么东西紧紧拽住了。

我睁开眼，抬头往上看去。艾利克斯正趴在地上，上半身探出石崖，悬在半空，她使出全身力气抓住我的手。

"艾利克斯！"我松了一口气说。

"别谢我啊，"艾利克斯咬紧牙关，喘着粗气说，"你试试能不能抓住什么！"她拼命拽住我，要把我拉上去。

我用空出的那只手在崖壁上摸索，想抓住什么。但坚硬的崖壁滑溜溜的，我的手几次打滑，根本抓不住。我又晃动双脚，想要踩住崖壁，但也没用。

我感觉到艾利克斯的手渐渐抓不住了。

"你得抓紧点！"我冲她喊。这么拖下去，她的力气很快就会耗尽的。

艾利克斯往下探身，抓住了我的另一只手。我无助地踢着两腿，想找到一个落脚的地方。

不知怎么回事，这时我低头看了一眼身下沸腾的岩浆。这下坏了！我一阵眩晕，好不容易才挣扎着抬起头，冲艾利克斯喊道："快点！"

"我在尽力呀！"艾利克斯回答。

我感觉到她的力气越来越小。她快要拉不住我了。

这时，我意识到自己的声音里充满了恐惧。我有无数理由慌乱，但我知道艾利克斯自己也已经吓坏了，我再慌乱对她一点好处也没有。

"艾利克斯，"我说，"我知道你能行。"

艾利克斯快要撑不住的手此刻一下子握紧了。

"我见过你打怪，见过你对付骇人的家伙。不论情况多么糟糕，你总能想出办法，"我继续说，"你向来喜欢艰巨的挑战，对吧？那就接受这项挑战，把我拉上去！"

艾利克斯攒足力气，终于把我拉到了悬崖边缘。我赶紧扒住崖边，两手撑着，爬了上去。我长这么大，从来没有觉得坚实的地面会这么让人安心。

我躺在红黑混杂的地面上喘着粗气，身边的大火在熊熊燃烧。过了好一会儿，我依然不敢相信，自己还活着。奥西绕着我的头蹦来跳去，高兴得咕噜噜、喵喵地大声叫唤。

"噢，伙计，"艾利克斯埋怨道，"别再有下次了。"

我坐起身，让奥西跳回我肩上，然后拾起钻石剑。"艾利克斯，"我舒了一口气说，"谢谢你。"

"嗯？"艾利克斯答应着。她正忙着把刚才救我时扔到一旁的工具捡起来。"噢，小事一桩啦。"但是从她的表情我看得出来，她心里可不是这么想的。她也吓坏了。

艾利克斯马上又用木棍和煤块组成一支火把的形状。我们确实需要一支新火把找到回去的路，但我也明白，她这么忙活是因为需要做点什么，好掩饰她那双不停颤抖的手。

新火把做成后，艾利克斯看着唱片。唱片发出的光更强了。

"也许光越强说明离我们需要的那种石头越近？"艾利克斯提醒我。

"希望是吧，"我揉揉酸痛的腰，两只手明显在颤抖，"我也希望前面再没有悬崖要翻越了。"

然而下界绝不可能对我们这么客气。实际上，我们后来又翻越了几座悬崖，有的地方需要我们一寸一寸地攀登，有的地方需要我们助跑之后奋力跃过。我们想快却快不起来，因为慌乱中容易毛手毛脚发生意外。

后来，我们遇上了更多的僵尸猪人。我一直防备着它们，但是正像艾利克斯说的一样，只要我们不去招惹它们，它们就不会攻击我们。

我们跟着唱片发出的光，转过一个街角，然后从一处岩浆瀑布底下穿过。我有点紧张，担心四溅的岩

我的世界 史蒂夫冒险系列
WO DE SHIJIE SHIDIFU MAOXIAN XILIE

浆会飞落下来，烫伤我们。我也担心转过瀑布会遇上怪物，因为岩浆挡住了我们的视线。

"现在光真的好强烈。"艾利克斯看着唱片说。

我们走出瀑布，面前是下界的一个全新区域，像大幕徐徐拉开后的舞台。看到这景象，我们两个人都惊呆了。

第十五章
下界要塞

面前是一座下界要塞。

我从来没有亲眼见过下界要塞，只听爸爸讲过。下界要塞只在下界存在，样子像巨大阴暗的城堡。没有人知道它们是谁建造的。这些要塞里面有各种有用的东西，比如蘑菇、地狱疣，甚至是百宝箱。

但要塞里也住着巨型怪物，比如烈焰人和凋灵骷髅。

我们眼前的这座要塞巨大无比，能住下我们邻村的所有人，甚至还有富余！我不知道是不是所有的下界要塞都这么庞大、气势恢宏，这么阴暗。

唱片闪烁着亮光，我们看得出来，它在指示我们进入要塞。

我和艾利克斯蹑手蹑脚地溜进去。我们右边是一条一眼望不到头的昏暗走廊。走廊的右边有许多扇门，谁也不知道它们各自通向哪里。左边也是一样，昏暗的走廊，一扇又一扇的门。这座要塞太阴暗了，到处都是黑影。谢天谢地，唱片的亮光可以为我们照明。

没有唱片，我们永远不会知道这成千上万扇门中，我们该推开哪一扇。幸好，我们有唱片相助，它指向了其中的一扇。

"小心脚下，跟紧我，"艾利克斯提醒道，"不要再发生意外了。"

说得好像我需要她提醒似的。

突然，旁边一声响。我挥起钻石剑朝暗处猛砍一通。但什么都没有，我的剑只砍到了墙面，还把地上的几个方块砍飞了。艾利克斯要我别这么一惊一乍的。

"等等，"我大喊一声，"这里有问题。"

我用钻石剑又敲出几个方块，然后赶紧退后。一眼看去，去掉几个方块后空间更大了，但仔细一看，这些方块下面空空荡荡，什么也没有。如果不小心踩到，我们就会掉下去，落到……嗯，我不知道具体会落到什么地方，我也不想搞明白。

"别磨蹭了，史蒂夫！"艾利克斯低声责备我。

我走进房间，原来这个房间又通向另一条长廊。眼睛渐渐适应光线后，我发现这里的墙壁红得出奇。有两扇门挨得很近，唱片指向了其中一扇。

一道黄光闪过。

"艾利克斯？"我喊了一声，希望是自己看错了。

"我说别——"

艾利克斯正要说话，几个火球突然冲她飞来，我一跃而起，把她推到一旁。与此同时，又有两个火球贴着我们头顶飞过。

"是烈焰人！"艾利克斯边叫边慌忙站起身来。

这时，一个烈焰人从另一扇门里闪出来。它长着一个金色的方块脑袋，脑袋周围有许多黄色的小方块在旋转。它的身体裹着一层火焰，嘴里喷射黑烟。这个一半是怪物，一半是火焰的家伙已经发现了我们。

我们急忙站起来，只见四周的墙壁全都着了火。

烈焰人呼呼地冲我们喷射火球。我和艾利克斯只能手忙脚乱地躲闪。

"射箭，艾利克斯！"我大声喊。我没办法靠近烈焰人，没办法用钻石剑消灭它。我们得用一件能远程攻击的武器，但是烈焰人可不会等我们做好准备。

在我们身后，要塞的墙壁已经被大火吞噬。一切都在熊熊燃烧。

"别管了，快跑！"艾利克斯大叫。我们冲进唱片指示的那扇门，回头一看，那个烈焰人也闯进门来，正快速朝我们发射火球。火焰很快沿墙壁向上蔓延。

我们跑啊，跑啊，跑过了好几个房间，才意识到已经甩掉了烈焰人。

"噢，啊，"艾利克斯一本正经地望着我说，"谢谢你救了我一命。"

我耸耸肩，说："我只是条件反射而已啦。"我觉得自己把她推到一旁不算什么英雄壮举，这可不能和她把我拉上悬崖相比。但不管怎么说，我们两个都差点没命。她救了我，我也救了她。

艾利克斯一边往前走，一边摇头叹息。"唉，我早该想到的，"她说，"我一心只想着唱片，没有观察周围。"

"人人都会犯错。"我安慰她。

"嗯，但是每次我犯了错，都觉得脸上火辣辣的。"艾利克斯说，"你知道的，我从小就想当个冒险家，但我妈妈一直反对。我一犯错，她就马上戳穿我，她要证明我不是当冒险家的料。"

说到这里，艾利克斯严肃起来。父母是我们谈话的禁忌。我一想到爸爸还在HIM手里，心里就难受极了，而艾利克斯连她妈妈在哪里都不知道。她只知道自从HIM统治主世界之后，她妈妈就变了，一直跟她作对。

"当时你离村子够近吗？看清你妈妈怎么样了吗？"我试探着问。

"没有，"艾利克斯说，"她大概在忙着管理自己的村子，没时间去想女儿吧。要是她看见我上了通缉令，肯定会气疯的。"

没错。但是此刻我们有比这更烦心的事。因为拐过暗处的一个弯，我们便遇见了一个岩浆怪。它一看见我们，就跳上来攻击。

第十六章
意外发现

有了和恶魂、烈焰人过招的经历，现在我们再看岩浆怪，也不觉得有什么了不起了。面前的怪物让我想起了主世界的史莱姆。不同的是，它是一个深红色方块，长着一双红黄混杂的愤怒的眼睛，身子像是一层层摞起来的，一跳跃就展开了，露出了里面炽热的岩浆核心。

我知道，我和艾利克斯遇上了一个非常危险的怪物。

"小心！"艾利克斯喊道。

我挥剑砍向岩浆怪。这一次，我可能犯了最愚蠢的错误。它没有被消灭，而是分裂成了几个小岩浆怪，它们全都冲过来，瞬间包围了我们。

包围圈越来越小，我们别无选择，只能拿起武器还击，结果岩浆怪却越分越多。起初只有一个，现在变成了三个、五个、十个……

我不停地挥剑抵挡。因为一旦身上落上了岩浆怪，就会被严重烫伤，然后其他的岩浆怪都会跟上来。放眼望去，到处都是红黄色的眼睛和弹跳的深红色方块。它们炽热的岩浆身体烘烤着我。

一个岩浆怪朝趴在我肩上的奥西冲过去，结果被奥西一爪子怒冲冲地拍飞了。岩浆怪太多了，我只好飞快地挥剑反击。突然，我的肩膀被一个岩浆怪擦到了，我疼得大声哀号，反手挥剑刺向烫伤我的岩浆怪，接着又冲其他岩浆怪一通猛砍。一开始，它们越来越多，后来我和艾利克斯奋力反击了好一阵，它们终于开始减少。十个岩浆怪，五个、两个……终于，最后一个也被我消灭了。

艾利克斯凑过来帮我检查肩膀。"你没事吧？"她一边关心地问，一边呼哧呼哧直喘气。

"没事，"我疼得一缩肩膀，"只是擦到了，不要紧。"

奥西跳上我另一侧肩膀。我们在黑暗中前进，又转了一个弯，来到一个阴暗的房间。这个房间很深很长，几乎看不到尽头。唱片好像更兴奋了，开始狂闪。我睁大眼睛，向幢幢暗影望去。真的就是这里吗？

估计艾利克斯跟我想的一样。我俩向着房间另一侧快速跑去，一路上我们紧张极了，不敢说话，生怕心里的念想落了空。终于，我们跑到了另一侧。暗影消退，我们亲眼看见了！

"哇，太棒了！"我欢呼道。

房间里面放着一堆堆石头。它们正是创建新传送门所需要的那种。

第十七章
惊险返程

虽然我们还身处下界，没回到主世界，但我仿佛已经卸下了千斤重担。"我们找到了，我们找到了！"我和艾利克斯一边收集石头，一边欢呼。唱片把我们领到了对的地方！

快了！快了！我自言自语，像在说给爸爸和梅森听。坚持住，我们马上就到！

"这次我们拿到足够建一扇门的石头就行了，"艾利克斯说，"下次我们再多拿点做储备。"

我一声不吭，因为我不想告诉她，我巴不得再也不踏进下界半步。再说，我们只需要一扇传送门，对吧？

我们带着石头走出房间，这时，我注意到唱片没有让我们原路返回。它要我们走一条新路。

"你怎么看？"我问。

艾利克斯耸耸肩："也许它不希望我们再遇上烈焰人，不希望我们再走进那个着火的房间吧。"

有道理，不过仔细想想我又觉得这说不通。为什么这一次唱片要保护我们，而之前却没有？它也没有帮我们避开岩浆怪和恶魂啊，也许……

"我觉得唱片不是想保护我们。"我表示怀疑。

"嗯，可能这条路近一点。"艾利克斯回答。她还沉浸在找到石头的好心情中，但我已经开始操心怎么回到主世界了。"还有，唱片没有让我们避开怪物，可能是因为下界的怪物实在太多了。也可能是它已经领我们躲开了最凶猛的怪物，我们遇到的只不过是自己能对付的几个小怪物而已。"

没一会儿，我们就带着石头上路了，按照唱片的指引，穿过一条又一条昏暗的走廊、一个又一个阴森的房间。

"瞧！"艾利克斯指着前方说，"我们马上就能出去了！"

果然，我们来到了要塞的一扇大门前。远处隐约可以望见我们之前走过的那个岩浆瀑布。

我们都非常兴奋，不禁加快了脚步。虽然已经累瘫了，但是一想到马上就要走出这座下界要塞，我们就好像喝了迅捷药水一样精神。我甚至觉得肩膀都不疼了。

就在快到出口的时候，几个黑影突然蹿了出来，挡住了我们的路，把我们吓了一大跳。它们站在暗处，像末影人一样高大，手里握着黑剑。它们本来在慢慢移动，一见到我们，便迅速冲上来，拿起武器准备攻击。

第十八章
危机重重

"凋灵骷髅！"我喊出了声。

主世界的骷髅已经够厉害了，但这些凋灵骷髅个子比它们更大，手里还握着锋利的剑！要想像甩掉烈焰人那样甩掉它们是绝对不可能的。

艾利克斯拉弓射箭。一个凋灵骷髅中了箭，它抖动一阵，先是变成红色，然后就消失不见了。几具凋灵骷髅冲我来了，被我挥剑刺中。奥西嫌趴在我肩上颠来晃去不舒服，于是跳到了地上。

"别被伤到了！"艾利克斯说。

无论对付何种凶猛的怪物，这都是一条好建议，尤其是在面对凋灵骷髅时特别有用。被凋灵骷髅伤到后，身体会承受凋灵效果，变得越来越虚弱。

一具凋灵骷髅朝奥西冲了过去。

"不！"我大喊一声，冒着凋灵骷髅的剑雨，左躲右闪，冲到奥西身边，朝那具追赶它的凋灵骷髅一阵猛砍。奥西被救下了，它嘶嘶叫着，又跳上我的肩膀。

"史蒂夫，快闪！"艾利克斯提醒我。

我赶忙闪到一旁。原来在我救奥西时，有两具凋灵骷髅蹑手蹑脚地跟在我身后，准备发动突然袭击。我刚闪开，艾利克斯就射中了一具凋灵骷髅，接着又是一具。

"谢谢你，艾利克斯！"我一边说一边闪回来，刺中几具凑上来的凋灵骷髅。我听见艾利克斯的箭离弦飞出，时左时右，射中了远处的凋灵骷髅。而那些更靠近我们的，则由我来对付。我用力挥剑砍刺，几具凋灵骷髅倒地消失了。最后，房间里所有的凋灵骷髅都被我们消灭了。

"你没伤着吧？"我见艾利克斯在揉胳膊，关心地问。刚才我一心想着打凋灵骷髅，没有顾上她，现在真担心她受伤了。

"嗯，我没事。"艾利克斯答道，"你怎么样？"

"好着呢，"我抱起奥西，说，"嘿，那是什么？"

有时候怪物被杀死时会掉落东西，这次它们掉落了一把剑。我捡起来一看，虽说它比不上钻石剑，但说不定也能派上用场，我为什么不要呢？艾利克斯也点头，同意我带走它。

我手拿新剑，大喊一声："出发！"

我们很快冲了出来，阴暗高大的要塞消失在我们身后。我们又穿过岩浆瀑布，翻越石崖，走过那座摇摇晃晃的桥。远处几只恶魂飞来飞去，发出婴儿啼哭一般的刺耳声音，但它们都没有靠近我们。我们有唱片引路，还有艾利克斯点燃的火把照亮。

"瞧！"我看见了下界传送门。

"我跟你说什么来着，史蒂夫？"艾利克斯开心地笑着说，"虽然之前的过程很吓人，但现在我们马上就要离开下界了。《艾利克斯和史蒂夫勇闯下界》，这会是一个很棒的故事。恶魂、烈焰人，差点掉下石崖，凋灵骷髅，几次死里逃生……"

艾利克斯喋喋不休，但我几乎没听见她说了什么。我正在数还有多少步能到传送门跟前。那扇门的中央跳动着一团紫色火焰，正在召唤我们。在到处是黑色、红色和橙色的下界，这团紫色像有魔力一样。

我正数着步子，突然感觉地面升高了，但我没来得及抬腿，在门口打了一个趔趄，一只脚绊到了一块石头，身子往前扑去。

奥西跳下我的肩膀，没有跟着摔倒。我见自己没能稳住，脸朝地面往下倒，赶紧伸手撑地。但是黑剑却从我的手中飞了出去。

我抬起头，刚好看到剑到了半空中。一切都变成了慢镜头。剑旋转着，亮光闪闪，缓缓向下掉落，它砸中了旁边的一个僵尸猪人。

"史蒂夫，你！"艾利克斯气坏了。

我们才走出下界要塞没几秒钟，我就干了一件最愚蠢、最倒霉的事——激怒了一个僵尸猪人。这下完了，所有的僵尸猪人都举起金剑，冲过来攻击我们。

第十九章
遇见凋灵

艾利克斯拽着我往传送门跟前飞跑，僵尸猪人挥舞着武器，哼哼叫着，紧追在后。

"我跟你说过，别惹它们！"在一片嘈杂声中，艾利克斯厉声对我喊。

"我不是故意的！"我辩解说，"我绊了一跤！"

僵尸猪人从四面八方追来，传送门似乎变远了，我们怎么也跑不到门边。

一个僵尸猪人挡在我面前，高举金剑朝我砍过来。我向旁边闪身，挥剑反击。艾利克斯抽出两支箭，射中两个僵尸猪人。

"快去传送门！"艾利克斯大声说。我本来也打算跑到传送门跟前去，可这并不是一个好主意，因为僵尸猪人也能通过传送门。我一边跑一边朝左右的僵尸猪人狂砍，不让它们有机会成群地攻击我。

可僵尸猪人太多了！我的视野里一片绿色和粉色，下界的红色和黑色都被遮住看不见了。它们的金剑不断地碰上我的蓝色钻石剑，它们不断被击退。一些僵尸猪人冲向艾利克斯，但都被她用箭射倒了。

奥西很机灵。它仗着自己不是人类、个头小，飞奔着甩掉攻击它的僵尸猪人，跑到了传送门跟前。可是它没有跳进去，而是转身冲我们喵喵叫，像是在催我们快一点。

"艾利克斯，小心！"我提醒她。

一个僵尸猪人想从背后攻击她。艾利克斯赶紧往旁边躲闪，僵尸猪人被我挥剑消灭。

"记得一会儿提醒我谢谢你！"艾利克斯大声说。

只听身后传来更响、更密的尖叫声和哼哼声。我们壮着胆转过身，看见至少有一百个僵尸猪人从下界追过来。

"快跑，快跑，快跑！"艾利克斯说。一把金剑从我的方块脑袋顶上划过。另一把金剑从艾利克斯脚下扫过，要不是她跳得快，早被绊倒了。我们离传送门越来越近了，奥西越发激动，喵喵叫着弓起了背。

"跳过去，奥西！"我大喊道。

奥西很听话，轻盈地跳进了传送门。我和艾利克斯本来是紧跟着奥西的，但在最后一刻，几个僵尸猪人冲上来，挡在了门口。我和艾利克斯赶紧打住，停下脚步。我们被包围了，前方是僵尸猪人，身后也有一群僵尸猪人，它们从四面八方攻击我们。

"看！"艾利克斯喊道。

在我们上空，下界最大、最可怕的怪物现身了。一个凋灵！

它体形巨大，甚至比我见过的一些房子都更高大，移动起来像一片黑压压的乌云。这个长着三颗黑色脑袋的怪物从天而降，巨塔一样的高大身躯嗞嗞冒着黑烟，本来就阴沉的大地完全被它的阴影笼罩了。

它开始朝各个方向发射蓝色凋灵之首。这些凋灵之首掉落之处会发出一声巨响，地面被炸得粉碎。一个蓝色凋灵之首冲进了那群僵尸猪人，把它们吓得连连后退；另一个落在几步之外，把地面炸出了一个大坑，一个僵尸猪人掉进了坑里。

艾利克斯瞄准凋灵，"别过来！"她尖叫着说。

一个蓝色凋灵之首落到了下界传送门门口，炸飞了刚才挡路的僵尸猪人，在地上炸出了一个大坑。我和艾利克斯赶紧后退几步。

"我们完蛋了！"我灰心丧气。

"不，机会难得！"艾利克斯不同意，"僵尸猪人不会跳跃！"

她说的没错！我和艾利克斯现在只要越过大坑就能跳进传送门，也就是说，僵尸猪人没办法跟我们去主世界了。

我以为遇上凋灵倒霉透了，现在看来它无意中竟然救了我们。这给了我勇气。"我们走！"我拉起艾利克斯的手，怕在混乱之中和她走失。

我们俩一起跳进传送门。然后，一切都蒙上了一层紫色。不一会儿，我们俩腹部着地，落到了门的另一边，又回到了主世界。我们身下是柔软的草地，头顶是碧蓝的天空。没有僵尸猪人，没有火球，没有凋灵，只有阳光！

这时，我听见奥西在嘶叫。它为什么这么紧张？现在应该庆祝才对啊！我抬头张望，却被眼前的一幕吓坏了。

我们被一队侍卫包围了，他们张着弓、举着剑，随时准备动手。侍卫中间站着一位高大、威严的红发女人，正朝我们冷笑。

"他们在这儿！"她命令侍卫说，"立即逮捕！"

"妈妈，不要啊！"艾利克斯大叫道。

第二十章
亚历山德拉姑姑

我真不敢相信，面前这位就是艾利克斯的妈妈，我的姑姑亚历山德拉。她是我们这里最受尊敬的村长，至少在被HIM洗脑之前是这样。现在她冷眼看着我和艾利克斯，好像我们俩不是她的亲人，而是罪犯。侍卫听从她的命令，抓住我们。

"对不起，我必须这么做，艾利克斯。"亚历山德拉姑姑说。

"妈妈？"艾利克斯脸色苍白，吃惊地说，"是您下令逮捕我们的？"

亚历山德拉姑姑哼了一声："你们干了违法的事，就要付出代价。是你们把那个可怕的家伙带进了我们的世界。我是村长，必须为大家着想。"

"但'那个可怕的家伙'只是另一个世界里一个叫杨希的小男孩，"艾利克斯反驳说，"他和我们一起对付了HIM！"

我知道艾利克斯这番话白说了。像爸爸一样，亚历山德拉姑姑听不见唱片讲的预言，她以为和HIM相关的这些事都是我们瞎编的。

不出我所料，亚历山德拉姑姑听到HIM这个名字更加愤怒了。"我听够了你的谎话，"她打断艾利克斯，"我们都知道HIM只是一个古老的恐怖故事。那个可怕的家伙现在在哪儿？"

"他不在这儿，"我说，"他回他的世界去了。您没理由逮捕我们。"

"他本该关在地牢里的，"亚历山德拉姑姑说，"我凭什么相信你？"

"因为我们说的是真的！"我忍不住爆发了，"HIM现在在另一个世界，杨希和我朋友梅森的那个世界。我毁掉了传送门，想阻止HIM到那里去，可惜他已经过去了，所以我和艾利克斯只能去下界找石头重建一扇新的传送门。我们进了一座很大的下界要塞——"

"我看得出来你们在瞎编，"亚历山德拉姑姑说，"两个十一岁的小孩不可能活着走出下界要塞，那里太危险了。"

"可我们办到了！"我说，"我差点掉下悬崖，是艾利克斯救了我。"

"史蒂夫也救了我一命，当时一个烈焰人正要攻击我们，我一时没注意。"艾利克斯说，"我们见识过烈焰人、岩浆怪、凋灵骷髅、可怕的僵尸猪人，甚至最后还和一个凋灵过了招。现在我们一起回来了。我们是一个团队，妈妈。我们需要您加入我们的团队，因为我们必须建好这扇新的传送门，阻止HIM毁灭世界。"

"我听够了，"亚历山德拉姑姑说，"逮捕他们。"

侍卫要动手了，我和艾利克斯紧紧地抱在一起，不知道该怎么办。就在这时，我听见了梅森的声音："史蒂夫！史蒂夫，能听见我的声音吗？"

第二十一章
越来越糟糕

亚历山德拉姑姑吓得连退几步。"那张唱片！"她叫道，"在说话！"

我手中的唱片正在旋转、发光，梅森的声音传出来："史蒂夫！"

"梅森，"我松了一口气，"你还在啊。我真担心你已经被HIM抓走了！"

"没有，"梅森说，"刚才唱片出了故障，我们讲不了话，技术也失灵了，电脑开开关关……怎么了，杨希？杨希有话和你说。"

亚历山德拉姑姑惊讶地捂住嘴，脸色苍白："这是什么鬼东西？"

"史蒂夫！"杨希接着说，"嘿，伙计们，你们去过下界了吗？我要提醒你们：别和僵尸猪人纠缠。我是说，虽然它们长相特别滑稽，但杀伤力超级强，而且能跟着你从传送门进入主世界。"

"嗯，杨希。"我说。

"烈焰人也很烦人，"他接着说，"还有岩浆怪，哎，他们能分裂，真让人头大。不过你要是遇上凋灵骷髅，一定要捡起它们掉落的东西，不管是什么。有时候，它们连自己的头都会搞掉，太酷了。我收集了一套凋灵之首，可以组装成一个凋灵。这家伙是下界最厉害的怪物，但愿我永远都不会遇到它——"

"杨希。"我有点紧张，不知说什么好。

"怎么了？"杨希问，他终于察觉到我语气中透着为难。

"我们刚从下界回来，已经拿到了那种石头，"我说，"现在我们被一群侍卫包围了。他们要逮捕我们，因为我们帮你逃出了地牢。"

"什么！"杨希很吃惊，"谁下的命令？"

"我妈妈。"艾利克斯轻声说。

亚历山德拉姑姑一把从我手中夺走了唱片。"说你呢，"她提高嗓门，"你是谁？这是什么鬼把戏？"

"嘿，是谁在说话？"杨希问。

"我是亚历山德拉村长，"她生硬地答道，"告诉我，这里发生了什么？"

"噢，呃，嘿，"杨希马上接话说，"那个……嗯，村长女士，我就是你们说的那个'可怕的家伙'。"

侍卫吃了一惊，纷纷对着唱片拉开弓、举起剑，摆出攻击的架势。

"你不是那个'可怕的家伙'，"亚历山德拉姑姑冷冷地说，"你只是一张唱片。"

侍卫放下弓和剑，显得有点尴尬。

"我是通过唱片和你们讲话的，"杨希解释说，"我在自己的世界，我这里也有一张唱片，可以和你们通话。"

梅森接过话去。"拜托了，亚历山德拉村长！"她恳求说，"您一定要听我们说。我是史蒂夫的朋友，是人类的一员，从另一个世界帮助他阻止僵尸统治主世界。"

亚历山德拉姑姑倒吸一口气，提高了警惕："我听说有个怪模怪样的女孩在帮助史蒂夫。"

"对，就是我，"梅森承认道，但听她的语气，我知道，她不喜欢人家说她"怪模怪样"，"现在主世界和我们的世界正面临着最大的威胁。杨希，那个'可怕的家伙'，不小心造出了HIM。您之所以不相信我们，是因为您不相信HIM真实存在。请您仔细想一想！您真觉得自己的女儿会骗您？"

亚历山德拉姑姑竭力掩饰，但看得出来她的嘴唇在颤抖。

"艾利克斯曾经告诉我，有一张唱片对她讲了一个预言，说有人在毁灭主世界，但我觉得这是无稽之谈。"

"那是因为只有预言里的人才能听到唱片讲话，"梅森说，"按照预言，我们要打败HIM，但如果我们不在一个世界，就没办法了。"

"我知道自己从前做了错事，"杨希插话说，"史蒂夫，你能听见我说话吗？史蒂夫，虽然你曾经以为我会背叛大家，但我不会记仇的。因为我从前犯过错，你完全有理由那么想。但是现在我想承担起自己的责任，与HIM斗到底。"

"还有些事该告诉你。"德斯蒂尼吞吞吐吐，也许她心里并不想让我知道。

我的心怦怦直跳。爸爸？

"HIM又给我们发来了信息，"德斯蒂尼说，"是他和……他和……"

我深吸一口气。德斯蒂尼犹犹豫豫，不知道该怎么把那条信息告诉我才好。我真急疯了！

"史蒂夫，他给我们看了你爸爸的视频，"梅森停顿一下，又说，"我们能肯定，你爸爸确实在他手里，他没有虚张声势。不过，好消息是你爸爸看起来没有受伤，状况还不错。"

如果这都算好消息，那什么才是坏消息？

"还记得HIM说过会让我当二把手吗？"杨希说，"因为我已经改掉坏毛病了，所以不愿意干。你知道吗？他让你爸爸当二把手。你爸爸完全中了他的邪，要帮HIM统治世界。"

　　我看见亚历山德拉姑姑瞪大了眼睛。"什么？"她大吼道，"作恶多端的怪物要伤害我哥哥！"

第二十二章
重建传送门

"**这**么说，您相信我们了？"艾利克斯喜出望外。不等亚历山德拉姑姑回答，一个侍卫发火了："别被她骗了，亚历山德拉村长。这些小孩很会捣鬼，他们胡说八道。"

亚历山德拉姑姑思量着他的话，犹豫不决。

"可是妈妈，"艾利克斯恳求说，"您看到最近发生了许多怪事吧？您真的觉得主世界里那么多东西都是我们毁掉的吗？所有树叶都是我们搞落的吗？"

亚历山德拉姑姑又思量起来。

"我知道怎么才能彻底揭开谜底，"我说。大家听见这话，全都看着我。我明白该怎么做，于是鼓起勇气说："亚历山德拉姑姑，请让我们新建一扇传送门。您可以跳过去，亲眼看看另一个世界。"

梅森、杨希和德斯蒂尼都极力赞成这个主意。

"太可笑了，"那个侍卫说，"传送门只能通向下界或者末地，这一点大家都知道！"

亚历山德拉姑姑坚定地抬了一下胳膊，示意我们，她已经做好了决定。"新建一扇传送门，"她下命令说，"我要亲自看一看。"

我和艾利克斯禁不住欢呼，立马动手。我俩先用石头搭起门框，然后按照梅森通过唱片告诉我们的方法，在门中央用燧石和铁块点着火。这和创建下界传送门的方法一样。我们照做之后，传送门中央开始交替射出红、蓝、绿三色光。

"这不是通向下界或者末地的传送门！"那个和我们作对的侍卫说。我认出来了，他之前参与过逮捕杨希的行动，还想把我们困在艾利克斯家，但我们逃脱了，救出了杨希。难怪他总和我们过不去。"我觉得他们在耍花招。"侍卫说。

亚历山德拉姑姑把传送门仔仔细细地打量了一

圈，说："从这扇门来看，也许他们说的是真话。"

"您不能就这么把他们放走，"侍卫激动起来，"您亲口说过不会特别关照您女儿——"

亚历山德拉姑姑打断了他的话："我不能无视所有这些证据。我是村长，不能有什么成见。"说着，她转过身，冷静地看着侍卫，"如果HIM真的存在，如果我哥哥在他手里，我不能袖手旁观。"

"这扇传送门的功能和其他传送门一样！"艾利克斯急着想演示给亚历山德拉姑姑看，"您瞧！"

说完，她跳进门里，立刻消失了。这扇门建得完全没问题吧？艾利克斯已经到梅森家了吧？

没有时间想这些了。我一下跳进门里，奥西紧跟着我也跳了进来。一切都蒙上了红色、蓝色和绿色，接着我从梅森的电脑屏幕里钻出来，落到地毯上，奥西也跟着落到我身边。

看到我，梅森一声尖叫。没等我站起来，她就跳上来抱住我："你在这儿！你没事！我从来没想过还能再见到你！"

我还没听懂她在说什么，杨希和德斯蒂尼就跳上来抱住了我。

艾利克斯站在梅森床边，得意地笑着说："新传送门挺管用的！"

"把那些石头带出下界很不容易吧？"杨希问。

艾利克斯轻轻摆摆手，说："噢，容易得很呢。"我觉得她当时一定没发现我在瞪她，因为我把头深深埋在了梅森的臂弯里。

这时，只见亚历山德拉姑姑也从电脑屏幕里钻出来，落到了地板上。我们都转过头望着她。她环视四周，震惊了。

"艾利克斯，"她说，"你一直没说谎。果真还有一个世界。"

"欢迎来到地球，一个充满了社交媒体和自拍的三维世界！"杨希高兴地说，"现在您感觉地球怎么样？"

"怪异，让人不知所措。"亚历山德拉姑姑摸着额头说。

"好吧，这算是赞美吗？"杨希打趣说。德斯蒂尼用胳膊肘捅捅他，眼神好像在说"别这样"。

梅森走到亚历山德拉姑姑面前，做了一番自我介绍。

"是你帮助他们拯救了主世界？"亚历山德拉姑姑问。

"对，是我。"梅森说，"现在，请您帮帮我们，救救我们的世界，别让我们被HIM统治。"

"谁在叫我？"HIM问。

第二十三章
终于重逢

HIM的影像出现在电脑屏幕上，他正在嘲笑我们，那空洞的眼神令人毛骨悚然。在他身后，我看见了爸爸，他像士兵一样站得笔直，手中握着钻石剑。

"哥哥！"亚历山德拉姑姑叫道。她伸手去够电脑屏幕，想要抓住HIM，但她落空了，HIM的影像还在屏幕上，毫发未伤。她不明白这是怎么回事，疑惑地缩回了手。"你在哪儿？"她厉声问道。

"噢，如果告诉你答案，就会破坏我在你心中的神秘感。"HIM说，"嗯，你终于变聪明了，肯听你女儿的话了。但是非常不幸，已经太晚了。"

"把哥哥还给我！"亚历山德拉姑姑冲HIM大叫。

HIM哈哈大笑："我想你很快就会见到他了。一会儿我们打起仗来，他会出来攻击你们。他现在和我是一伙的。"

"不可能，"亚历山德拉姑姑说，"我哥哥是一个高尚的好人，他总是愿意替弱者出头。"

"每个人内心都有恐惧和愤怒。"HIM的眼中发出了吓人的白光，"就拿你来说吧，亚历山德拉村长。自从当上村长，你还从来没有落选过，村民也没有被怪物攻击过，大家都爱戴你。可你为什么彻夜难眠，觉得自己是个失败者？小时候，你梦想拯救世界，可现在你管的都是些鸡毛蒜皮的小事。所以，你非要把女儿从探险梦中摇醒。我说的对吗？"

亚历山德拉姑姑的脸色变得像HIM的眼珠一样苍白，她直冒冷汗。

"噢，被我说中了？"HIM接着说，"你只是一个闭塞村庄的小村长。你从来没干过什么了不起的事。你不甘心，想把女儿也培养成村长，只有那样，你才能有一点成就感。"

HIM探过身来，"我能看穿你，知道你最脆弱的地方，"他说。

"妈妈，"艾利克斯望着亚历山德拉姑姑，轻声问，"这是……真的吗？你真的这么想？"

"我……"亚历山德拉姑姑目不转睛地盯着电脑屏幕说。

"村长女士，"HIM继续说，"虽然你想拯救世界，但当你女儿不停地警告你说，我要毁灭世界时，你却无动于衷。你甚至连自己的哥哥也救不了。"

"别听他的！"梅森说，"他想把你搞糊涂，就像之前他让你不相信艾利克斯一样。很可能他也是这么对付史蒂夫的爸爸的。"

听HIM提起我爸爸，亚历山德拉姑姑立刻清醒了。她猛拍了一下梅森的桌子。

"我要集合主世界所有的军队攻打你！"她说。

HIM大笑道："很好！我喜欢打仗！受伤的人越多越好。这肯定是一场空前的大战。"

话音刚落，大地就震动起来！

窗外，所有的树瞬间掉光了叶子。这是HIM现身的一个信号。

"地震！"杨希抓住床柱大喊。

我从来不知道地面可以震动得这么剧烈，一下子没站稳摔倒了。"哇，好疼！"我叫出了声。

突然，大地停止了晃动。

"我的力量更强大了，"HIM说，"刚才的展示你们喜欢吗？"

杨希松开床柱，走到电脑前。"你是个胆小鬼！"他说，"你只敢远远地攻击，玩这种低级把戏。"

"这还不是跟你学的？"HIM嗡嗡地低吼道。

"你出来，我们当面打一仗！"杨希说。

"没问题。"HIM威胁说，"我保证，不久我们就会见面。"

我感到HIM正盯着我，虽然他没长黑眼珠。"到时候，我一定带上你爸爸，史蒂夫，"他冲我说，"我要看看他是怎么消灭你们所有人的。"

亚历山德拉姑姑听到这话，又伸出手去，想抓住屏幕上的HIM。

　　HIM得意地大笑几声，然后消失了。那笑声在我脑海里久久回荡。

第二十四章
准备决战

亚历山德拉姑姑缩回手来，低头看着电脑屏幕。

"艾利克斯、史蒂夫，"她转头对我们说，"我向你们道歉，我没有相信你们。艾利克斯，我不该因为自己缺少安全感，就想培养你当村长。你想探险就去探险吧。我们都该为梦想而努力，不管这梦想是探险还是当村长，我们都要团结起来，一起拯救世界。"

她拥抱着艾利克斯久久不愿放开。

"哎，过会儿再叙亲情也可以，"杨希严肃地说，"现在情况很紧急，大家有什么主意？"

"我有办法。"我大声说。大家都转头看着我。我没想到自己刚才的声音那么镇定。

"亚历山德拉姑姑，"我说，"请您回主世界召集军队。"

亚历山德拉姑姑点点头："好，听凭你们调遣。"

"还有，请查出HIM的底细，"我说，"我知道他源自一个古老的恐怖故事，但也许还有一个更古老的故事能给我们一点线索，告诉我们该怎么对付他。"

"你真觉得我们能打败他吗？"德斯蒂尼问。

我挨个看房间里的人：梅森，她曾帮我推翻僵尸的统治；艾利克斯，她救过我一命；亚历山德拉姑姑，她愿意为我们调集军队；德斯蒂尼，她救过我和梅森；杨希，我曾说他是叛徒，到头来却是我自己背叛了大家，他本可以让我下不了台，但他宽宏大量，并且不记仇。我心里清楚，这一次他站到了我们这边。

"没错，"我说，"预言中说，HIM不易被打败，但预言也清楚地说了，他的确可以被打败。如果有谁能打败他，那一定是我们！"

奥西咕噜噜叫着，好像在表示赞同。

"我马上去集合军队，"亚历山德拉姑姑说，"你们打算怎么打败HIM？"

　　"剩下的人待在这个世界，查清HIM的底细，做好准备，"我说，"我不能让爸爸落在他手里，更不能让这个世界落在他手里。"

　　"哇，史蒂夫，"艾利克斯感动地说，"去下界时，你都没这么勇敢。HIM可比下界危险多了。"

　　我也注意到了这一点。也许，从下界活着回来给了我力量和自信，与朋友们在一起也让我更勇敢。有时候，你没得选，虽然难受也得去做；但有时候，生活又特别美好，比如遇到困难的时候有朋友帮忙。

　　"'准备'？"杨希重复道，他还在纠结我的用词，"什么意思？'准备'？"

　　"做好准备与HIM决战，"我说，"你知道的，只有他的力量全部被耗光，他才能被打败。他会带领他的军队挑起一场大战，而我们要打败他。谁跟我一起？"

　　我本来以为其他人会说这太难了，肯定办不到，没想到大家都举手欢呼，一致同意。

　　艾利克斯激动地看着我，笑得肩膀直抖。

　　"我一直喜欢挑战！"她说。